Vanessa C. Rodrigues

ANUNCIAÇÃO

exemplar nº 056

Curitiba
2021

capa e projeto gráfico **FREDE TIZZOT**
encadernação **LAB. GRÁFICO ARTE & LETRA**

© Editora Arte e Letra, 2021
© Vanessa C. Rodrigues

R 696
Rodrigues, Vanessa C.
Anunciação / Vanessa C. Rodrigues. – Curitiba : Arte & Letra, 2021.

100 p.

ISBN 978-65-87603-16-2

1. Ficção brasileira   I. Título

CDD   869.93

Índice para catálogo sistemático:
1. Ficção: Literatura brasileira   869.93
Catalogação na Fonte
Bibliotecária responsável: Ana Lúcia Merege - CRB-7 4667

ARTE & LETRA
Curitiba - PR - Brasil
Fone: (41) 3223-5302
www.arteeletra.com.br - contato@arteeletra.com.br

*nesse lugar havia uma mulher que não queria ter filhos
de seu ventre.*
Maria Gabriela Llansol

Benedicta tu in mulieribus
Autor desconhecido

À minha mãe.

1.

Se atravessasse o oceano que separava o continente onde se exilou das terras onde nasceu não presa em um boing, mas no convés de caravelas anacrônicas, ela perceberia, ou pelo menos seria possível que percebesse, a alternância dos aromas do mar. E o movimento do tempo, graças a essa materialização sensorial, seria inegável. Sobre as águas, sentiria o transitório, tocaria com o nariz, com os olhos, com a pele do rosto o corpo do tempo.

O céu noturno do oriente talvez tenha outra cor, subtons de preto e ciano, e a textura dos mares do meio do Atlântico talvez seja mais espessa que aquela, de que se lembra da infância, a água morna envolvendo os dedos dos pés, o verão em que entrou no mar pela primeira vez – era muito nova para epifanias, mas suficientemente madura para o espanto. Difíceis e pegajosas as correntes marinhas desconhecidas talvez agarrassem o navio pelo casco, dificultariam o movimento. Os obstáculos invisíveis, a dificuldade não crível, a aventura era apenas o itinerário, o destino, a rotina. O plano. O esforço despercebido contra a força transparente e informe que interrompe. A vida.

Quem sabe o mar do meio do mundo esconda em suas grutas antigas grandes monstros medievais, abandonados como os heróis das epopeias. Se viajasse sobre o convés, talvez percebesse nas noites de céu limpo o horizonte se movimentar em direção ao barco e a chegada à terra firme (ao plano, ao fim) pareceria pouco a pouco mais verdadeira.

Mas de dentro do avião não se vê a lua.

Apesar de toda tecnologia e dos avanços comunicativos e das cartas eletrônicas, das mensagens instantâneas e das videoconferências, ainda assim, apesar da inutilidade das tarefas brutais de sobrevivência, como a caça, de não mais ser necessário, a menos que se pague por uma aventura artificial de férias, pescar ou rasgar com as mãos o corpo de um bicho – também para a morte inventaram tecnologia –, apesar de não haver motivo de atravessar montanhas em busca de terrenos mais férteis, armar com cipós e folhas estruturas rudimentares sob as quais se proteger do sol, da chuva, dos olhares dos outros, da noite, ainda assim, apesar dos artifícios mecânicos, dos artifícios morais, ainda é para o céu – vazio – que olhamos em busca de futuro. Mas dentro do avião nos emparelhamos às nuvens e por isso nos perdemos. Não fosse o movimento programado da tripulação – a hora de servir o jantar, a hora de recolher os copos –, o choro intermitente das crianças, ou o ritmo como sucedem as páginas do romance, que avançam às vezes com mais velocidade, outras preguiçosamente, se não fossem as palavras escritas, o pensamento posto em linha, organizado e preso, se não fossem as palavras ancoradas umas às outras marcando o tempo, se não fossem elas, as palavras, estaria perdida.

Nenhuma estrela se move e nenhuma sombra se esticará a seus pés.

A volta sempre parece mais lenta. As máquinas de medir o tempo não consideram os corredores por onde a memória se perde, não reconhecem que é um labirinto que se percorre, que o mesmo espaço pode ser atravessado em linha reta, na diagonal ou rodeado infinitamente.

Quando saiu do Brasil era a certeza que a empurrava pelo tempo, a expectativa de uma fuga que a libertaria milagrosamente do remorso, da dúvida e do fim do amor. Desfeito em realidade, um resto de desejo ainda a enrosca naquela terra de exílio mesmo agora, está convicta, ou pelo menos com alguma certeza, de que não há mesmo qualquer perfeição que a proteja e a livre de seu lastro (um navio flutua porque pesa). E por tudo isso, as quatorze horas de agora nunca seriam as mesmas quatorze horas do dia em que sem contar a ninguém entrou no avião achando que seria, de alguma maneira, o fim de alguma coisa.

Apesar de toda a artificialidade e dos tijolos e das cortinas fechadas que a afastam dos ninhos das árvores, ela sabe que quando virar a sexta ou a sétima lua a partir desta, o bebê nascerá. Mais do que o tempo que a leva pelo espaço de um mapa, o que importa agora é o tempo da feitura de um homem.

Ninguém presta atenção aos avisos de segurança. Pegam o livro e as revistas da bolsa, desatam os sapatos, ajeitam o espaço da viagem, armam um ninho provisório. Ninguém acredita que as máscaras de fato cairão sobre a cabeça em pânico, que será preciso aprender a boiar no oceano apoiando-se na bandeja do assento da frente, que será preciso abrir a porta de emergência antes que o avião explode e ajudar crianças e idosos a saírem antes. E se de fato acontecer qualquer coisa de imprevisto, o combustível mal medido, as turbinas desreguladas, falhas elétricas, um descuido na torre de controle, quem sabe ainda um piloto muito triste, o que de fato se poderá fazer? Durante a queda, nos segundos (minutos?) de descida livre e pesada, em que pensarão todos esses homens sem saída?

Ninguém acha que os avisos de segurança serão úteis porque ninguém acredita que vai morrer. Ainda mais voltando de férias ou de exílio, mil fotografias sobrepostas no cartão de memória, os passeios parecidos, uma saudade de casa.

2.

Se conheceram quatro anos e três meses antes daquela viagem. Ela estava no meio da faculdade e ele tinha acabado de entrar no mestrado na mesma universidade. Ela tinha acabado de decidir que não se casaria e que levaria a vida livre aprendida nos filmes franceses dos anos sessenta, moraria com uns amigos, quando tivesse bons amigos, numa casa enorme que cheiraria a vinho (muitos acidentes no tapete da sala) e de onde se ouviria, para complementar o clima beatnik, o trem de carga que atravessava a cidade de hora em hora. Ela tinha decidido que se manteria livre nesse contexto pós-hippie de liberdade assim que conseguisse dinheiro para se manter, que treparia com quem quisesse assim que quisesse, fumaria cigarros e maconha enquanto memorizava os poemas da semana. Acenderia incensos pela casa, dormiria num colchão jogado num canto de um quarto bem iluminado, militaria por causas específicas e frequentaria toda semana as festas do DCE.

Ele morava com uns amigos e lia o tempo todo. Usava as mesmas camisetas que sua mãe bordou pelo avesso para que não fossem roubadas na pensão, onde morou no seu primeiro ano naquela cidade. Era mais tímido, menos arrogante, e nunca saía com os atores do curso de artes, nem com os poetas malditos do curso de letras, nem com os cineastas&fotógrafos do curso de comunicação, que se encontravam todas as noites nos mesmos botecos ao redor do campus de humanas, lugares que ela passaria a frequentar, muito tempo depois, sem alegria e em busca de pequenas destruições.

Ela nunca soube onde aquele cara esteve todos os anos antes do dia em que ele deu uma aula sobre o Kafka na disciplina de tópicos especiais de literatura alemã em português a pedido do professor que era seu orientador no mestrado. Ele estava com uma camiseta branca do Velvet Underground. Ela estava com um vestido verde. Ele falava olhando para ninguém. Ela não ouvia o que ele estava dizendo enquanto olhava firme para ele. Ele percebeu. Ela não desviou o olhar, mas seu rosto corou (quando morasse no apartamento beatnik ela também deixaria de ser tão tímida). Ele tentava se concentrar em seu argumento a respeito de alguma relevância que agora não interessa mais, se desculpando quem sabe pela tradução pomposa do texto do comentador e deixando transparecer o quanto era avesso às interpretações psicanalíticas daquele romance até que começou uma discussão acalorada cujo tema era a pungente questão de ser ou não ser uma barata, e ele já perdido e inseguro se irritou muito com aqueles alunos falastrões cheios que eram das verdades infantis que carregamos nos primeiros anos da vida adulta, a faculdade, as certezas, e que escreviam suas considerações em cadernos de composição comprados a dois dólares em papelarias de Miami e citavam Santo Agostinho numa pergunta sobre o nazismo e ela olhava para ele que já não olhava para ela, porque, mais urgente, tentava interromper a pergunta de quatrocentas e trinta e cinco palavras do gênio do fundo da sala. O gênio começou a falar mais alto. Ele respondeu. Os dois se insultaram. O professor interveio, pediu gentilmente que todos se acalmassem. O gênio ficou quieto, mas saiu da sala batendo a corrente da calça jeans e as fivelas de sua jaqueta de couro nas mesas dos colegas. Ele não pôde esconder o nervosismo, mas retomou a matéria do ponto onde tinha sido interrompido. Uma garota da primeira fila fez uma pergunta esperta. Então ele tomou fôlego e já mais calmo começou a responder com bastante paciência a garota esperta. Fim da aula. Todo mundo tinha se levantado e guardado os livros antes de ele concluir sua fala. Por fim restaram ela, a garota esperta e o professor. A garota esperta foi até a mesa do professor que ele ocupou naquela noite. O professor deu uns tapinhas nas costas dele dizendo que era para ele se acostumar etc. Ela ficou ali, sentada na quinta carteira da direita, por mais dois minutos, olhando para a frente. Até ser interceptada pela garota esperta que emprestou para ele livros muito bem protegidos em assépticos sacos plásticos. Ela finalmente saiu. Ele a acompanhou com o olhar. Mas ela nunca soube.

Um ano depois ela estava sentada num café esperando ele chegar. Ela lia uma antologia de poesia modernista brasileira num xerox todo anotado, tomava um *espresso corto* e fumava, porque naquela época ainda era possível fumar nos cafés, como nos filmes franceses dos anos sessenta. Segurava entre as pernas uma sacola com uns lençóis, um conjunto de garfos e facas e uma pequena luminária. Ele chegou da faculdade onde trabalhava cheio de pastas e mau humor. Ela o recebeu com sorriso lindo. Ele estava do jeito de sempre. Ela já não era mais uma adolescente que acreditava nos gênios, tinha cortado o cabelo, usava blusas listradas e falava mais baixo. Ele segurou sua mão. Ela apagou o cigarro, soltou a última baforada para cima enquanto dizia que tinha uma surpresa. Vou morar com você, ela disse. Ele apertou os olhos com dúvida, sorriu, pediu também um café e começou a falar de seu dia estressante. Ela abriu-lhe outro sorriso lindo.

Venha, vamos ali pegar um sol naquela praça.

Um ano e uma semana depois da aula sobre Kafka, eles estavam deitados na cama deles numa manhã de domingo fria e chuvosa. Ela lia aquele conto do Osman Lins que sempre a fez chorar e ele rabiscava as margens de uma revista da semana passada.

Três anos depois da tarde do café ela estava sozinha em casa, acordada às quatro da manhã. Ele tinha viajado para um congresso em Paris e ela terminava a tradução de um livro técnico sobre administração da felicidade que deveria entregar à editora no dia seguinte. Ele tinha mandado um e-mail estranho dizendo Entendo, beijo, em resposta ao que ela mandara na madrugada anterior, de uns quatro mil toques, falando que não tinha certeza de mais nada e que ela se sentia um pouco sufocada porque já não podia ser mais quem ela queria ser e que não sabe muito por que mas teve muitíssima vontade de sair correndo naquele momento para longe e que já não suportava mais o silêncio nem os barulhos daquela casa vazia ela sempre sozinha e que talvez ele não devesse ligar porque ela não queria falar com ninguém só mesmo escrever porque escrever era a única coisa que ela sabia fazer de verdade e que ela escrevia sempre, muitos e muitos cadernos grandes cheios de poemas e textos ruins, é verdade, mas já era alguma coisa, que tinha acabado desde quando ele falou aquilo sobre um texto qualquer que inauguraria mais um blog para ninguém e que quem sabe começar a fazer alguma coisa de verdade na vida, ela tão covarde, Você se leva muito a sério, ela nunca mais se sentiu à vontade para escrever e agora ela era isto: uma dona de casa que traduz textos de manuais de autoajuda e não escreve e não fuma nem mesmo cigarros mentolados nem se droga que não sai mais para dançar e que está paranoica e triste e dez quilos mais gorda como as mulheres que já foram um dia as garotas dos filmes franceses dos anos sessenta, tudo por conta da ansiedade e dos hormônios que ingere todas as manhãs por causa daquele desproporcional medo que ele tem de ter um filho, de converter de uma vez aquela família em uma família dessas que são reunidas por um diretor de filmes publicitários ao redor de uma mesa para vender produtos alimentícios, assistir televisão aos domingos, acordar de madrugada para trocar as crianças, comprar cerveja no sábado à tarde, chamar uns amigos entediantes para conversar dos problemas da infância, do problema das ajudas sociais, casais que pagariam seus impostos, reclamariam do aumento do preço do combustível e das condições das estradas rumo ao litoral. E que esperava sinceramente que ele estivesse se divertindo a valer em Paris porque ela tinha que terminar seu frila excitante e provavelmente chegaria virada à editora onde sempre odiou trabalhar. Não precisa ligar, você pagaria uma ligação internacional para nada. Não precisa ligar, eu só consigo dizer porque eu escrevo.

Eu entendo. Beijo.

Ela acordou com a ligação dele. Estou no aeroporto, em Amsterdã, para a conexão, chego em casa logo. Ela disse que bom, mas e o congresso não ia até o próximo, Eu chego daqui a pouco, fique em casa e descanse, apenas descanse, por favor.

Ela não sabia ao certo quando começou a não ficar contente com nada.

3.

E no intervalo não houve silêncio. Teve os cacos do copo, recolhidos com cuidado da pia, as meias dobradas na gaveta ao lado da prateleira das calças, a penteadeira entulhada de frascos e livros e xícaras vazias e uma violeta que há anos não floresce mas segue, suas folhas novinhas que virarão grandes folhas saudáveis espremidas em um vaso inadequado. Teve a primeira vez que ela desceu pelo corpo dele com a língua, a primeira vez que ela sem saber muito bem como fazer cobriu o pau dele com a boca, concentrando-se em fazê-lo feliz, em transformar em gozo todo o amor que ela sentia, que eles sentiam um pelo outro, todo o amor transformado não só nas mãos dadas, mas também nos movimentos do corpo, todo o corpo, a boca e os músculos do rosto, e também as mãos e as pontas dos dedos, e o corpo todo sobre o corpo do outro, preocupado em manter os movimentos que os fizessem gozar. Teve a vez que eles treparam no chuveiro bêbados depois de alguma festa de aniversário, teve a vez que ele levou uma caneca de café com leite para ela acordar, que espalhou pela casa os versos de uma canção que ela gostava muito em uma manhã sem comemoração, teve a vez que ela comprou um bolo desses recheados com doce de leite e espalhou pela casa bandeirinhas do bob esponja compradas na loja de 1,99, teve a vez que ela teve certeza que já não gostava tanto dele assim quando aceitou tomar um café com aquele ex-colega de trabalho que já tinha beijado, teve a vez que ela chorou de frente ao espelho porque se sentiu sozinha num fim de semana que ele estava em casa.

Teve a vez que o sol entrou pela janela do quarto embaçada do frio de junho e o arzinho gelado da manhã esfriava as extremidades do corpo pesado de cobertores e de descanso, e lá da sala vinha uma música simples de acordes repetidos e da cozinha o cheiro da cafeteira se enchendo no fogão e lá fora o silêncio do domingo e ali dentro, do lado de dentro, uma certeza estranha, uma certeza talvez motivada pela manhã calma, sem sedução nem gozo, uma certeza de que aquilo só poderia ser, era felicidade.

4.

Ela brincava com as plantas-baixas dos anúncios de apartamento dos classificados imobiliários. Ela esticava o jornal na sala, folheava até encontrar o caderno específico, e torcia pelo sucesso de algum grande empreendimento, de qualquer construção residencial gigantesca que compensasse a publicação de uma planta em meia página, colorida e detalhada, e quando finalmente encontrava aquilo por que os jornais de domingo eram tão esperados ela apertava os olhos e se transfigurava no pequeno pedaço de papel amassado que segurava nos dedos. Assim, no tamanho apropriado, passeava pelos cômodos da casa plana, fingia sentar-se na sala, sozinha em silêncio, ajeitando o que estivesse fora do lugar, sempre calma e em silêncio, sozinha lá, não queria ligar a televisão, mas ler no sofá tomando uma xícara de café preto e sem açúcar, o roupão sobre um pijama bonito, depois ia para a cozinha preparar alguma coisa para comer, e podia passar o resto do dia deitada no quarto de portas fechadas – ou abertas, não fazia diferença – porque seu irmão não cabia ali, nem sua mãe entraria abruptamente para se queixar de seus problemas, nem a filha chata da vizinha mancharia as cortinas brancas com as mãos sujas sabe-se lá de que comida gordurosa. Sentia-se livre na sua casa imaginária. Sozinha e feliz.

5.

Ao seu lado viajavam uma senhora de uns cinquenta anos e um homem mais novo, talvez quarenta, ou um pouco menos. Não estavam juntos, ela descobriu assim que entraram, quando ela se ofereceu para trocar de poltrona caso quisessem ficar lado a lado. Rejeitaram a oferta, não se conheciam, e apesar dessa sua pequena tentativa de interferência na ordem das coisas, tudo seguiria como tinha de ser, cada um ocupando a poltrona devida. A senhora se chamava Madalena e voltava a Buenos Aires depois de doze anos, mas antes faria uma rápida visita de dois dias no Brasil para encontrar sua filha e conhecer sua neta, que àquela altura já sabia até escrever. São Paulo, ela disse, gosto muito. Ele era brasileiro, apesar de não parecer, e se chamava Nestor e nada mais soube dele porque logo depois das apresentações e das explicações, quando ficou claro que os três estavam sozinhos naquela viagem, ele enfiou seus fones no ouvido, pegou um livro na mochila e se concentrou na leitura assim que se acomodou na poltrona.

Nestor parecia um escritor russo, a barba ultrapassava a linha das clavículas e sua compleição atlética e seus braços fortes contrastavam com a delicadeza como virava as páginas daquele livro. Vestisse uma camisa de flanela xadrez, seria uma representação convincente de um tipo ilustrado de lenhador. E que livro seria aquele a que se dirigiu tão depressa? Que anotações tinha feito nas margens das páginas por onde passara? Nestor seria nas próximas horas um mistério, um totem que impediria a passagem, um obstáculo interessante. Quem esperaria por Nestor em Cumbica? Chegaria sozinho, com pouca bagagem, acenderia um cigarro, com certeza ele fumava, acenderia um cigarro antes de pegar um táxi, mas para onde seguiria?

Madalena queria falar um pouco mais sobre ela mesma, contar do restaurante espanhol onde trabalha em Londres, do amor que tinha deixado em Buenos Aires, dos anos que viveu em Florianópolis, da filha que tinha preferido morar no Brasil, de sua irmã que estava com leucemia em Rosário, e de sua amiga de juventude que Se parecia muito com você, ela disse, que tinha desaparecido, e que estava ansiosa porque não sabia o que encontraria por lá Tem gente que não gosta de falar dessas coisas, mas depois de tanto tempo, se esquecem da gente, ela disse, E quando isso acontece a gente some. Quando se esquecem da gente, ela disse, a gente desaparece.

6.

Certa tarde inspirada, o senhor Schrödinger, para demonstrar uma equação complexa, usou de uma comparação que de tão curiosa passou a ser absolutamente mais conhecida que o cálculo. Dizia ele: pense em um gato e um frasco de veneno lacrados em uma caixa de aço e em um tubo em que há uma pequena substância radioativa. É possível que um dos átomos da substância decaia, o que ativaria um sistema que quebraria o frasco de veneno na caixa e, por conseguinte, o gato morreria. Mas na mesma proporção é possível que o átomo não caia e o frasco de veneno não se quebre. Sob essas condições, concluímos então que matematicamente o gato está ao mesmo tempo vivo e morto.

Pouco importa se a caixa está fora da vista. Ou se parada, estática no seu estado de coisa imóvel ela se torne súbito invisível. Pouco importa, afinal, que não se veja o gato. Que ninguém sinta sua presença, não veja os olhos do gato. Ele ainda existe em seu mistério. Suas angústias de gato, seus desejos, não diminuirão só porque não se lembram mais dele.

Mas ao contrário, abandonado às margens da narrativa, é possível que o gato, angustiado na caixa, desenvolva a consciência de sua vida de gato e comece a ocupar ainda mais espaço nesse mundo, já que ele passa a existir também para ele mesmo.

Não importa se nos esqueçam. Se passado o tempo não insistam, se os e-mails e ligações diminuam até que se silenciem por completo. Chega o dia em que todos voltarão às suas vidas, continuarão com poucos prejuízos sem a gente. E apesar desse silêncio, dessa nova vida sem espectadores, solitária e livre, ainda assim nos lembraremos. Ou, se a situação não for de todo ruim, nos encontramos, distraídos, com a lacuna branca com que por gosto cobrimos uma parte de nossa história. E não será possível preenchê-la de outros traços, novas cores, estampas de uma nova época. É com material delicado que os disfarces são feitos, mil vezes menos densos que a realidade que protege.

Senta-te de cabelos brancos na cadeira da praia, relê o romance que te fez chorar aos vinte anos, olha o mar que pode ser a última vez (e que diferença faria, a primeira, a última, a vigésima quarta vez). Os netos te chamam para o almoço e você sente saudades de teu companheiro de vida que se foi antes de você. Os olhos mareados ninguém percebe no teu rosto envelhecido. Mas valeu a pena, se caísse morta agora aos pés dos teus genros teria valido a pena. Anda pesada de tanta memória para a mesa do almoço: noventa anos, contam. Não resta muito tempo ainda, melhor sentar na cadeira da praia, olhar o mar, reler o romance da sua juventude. Ou o coração para de repente e morre segurando ao meio o livro aos vinte anos — não saberá o final, mas isso já não é o mais importante.

Quando eu morrer, quero dizer, o que peço a Deus com o perdão d'Ele é que eu não morra depois do pai porque não quero viver na casa de nenhum de vocês. Disse.

7.

O que Madalena se esqueceu de contar ou, por respeito à sua audiência, preferiu omitir, quando escolheu para se apresentar apenas os grandes dramas da sua história, é que na sacola que guardou delicadamente no bagageiro do avião ela levava uma caixa de chocolates europeus, uma caixa de bombons finos feitos numa pequena fábrica familiar do interior da Bélgica, que escolhera com a ajuda de umas amigas com quem viajara naquela semana de folga de verão, um presente para sua neta brasileira. Também não disse que as meias coloridas que resolveu calçar naquela manhã, quando escolhia a roupa mais apropriada para a grande ocasião, a viagem da década, a faziam rir toda vez que tirava os sapatos (cada dedo num espaço específico, uma espécie de luvas para os pés, divertidas). Aquela cicatriz superficial do braço direito é um arranhão do gato da Dido, sua mulher. Sentiria muitas saudades de Dido, e até de seu gato, mas ela precisava rever a família argentina e sua filha do Brasil, incluir-se novamente na vida daquelas pessoas, contar as novidades, mostrar os cartões-postais, as fotografias, os vídeos. Prepararia um grande jantar em Rosário, Sou uma cozinheira respeitada em Londres, mãe. Também não disse que estava apreensiva em ter de conversar com as tias mais distantes que não a viam desde os dez anos, com quem teria de estabelecer uma conversa sobre amenidades e notícias clichês do Reino Unido, evitando assim, com fofocas sobre a família real e o cotidiano de quem vive num país tão diferente, os assuntos de casamento e romances. Dos filhos.

Ela não gostava de ovos cozidos. Pela manhã, tomava uma caneca grande de café puro, sem açúcar. No verão, corria pelas ruas do bairro, e se sentia muito lisonjeada quando algum cliente do restaurante do seu amigo Peppe lhe mandava os parabéns pela ótima paella negra. Ela sempre lavava primeiro os pratos fundos, depois os rasos, os copos, as tigelas, e por fim, os talheres. Secava primeiro as tigelas, os pratos fundos, os rasos e por fim os talheres. Secava a pia, organizava os frascos dos temperos, regava as plantas. Todos os dias.

Elena, a filha que mora no Brasil, é filha da sua amiga que desapareceu na ditadura, mas isso ela também não disse. Madalena se arrepende de não ter engravidado enquanto podia e isso ela achava que nunca contaria para ninguém.

Por isso quando ouviu que a garota que se sentava ao seu lado no avião pedia licença ao rapaz do corredor para ir ao banheiro pela terceira vez no intervalo de duas horas e, vexada, disse que estava grávida por isso o descontrole, Madalena fez um grande esforço para não a sufocar, assim que voltasse do banheiro, com perguntas a respeito de seu estado, se ela sentia alguma coisa se mexer ali dentro o tempo todo, quantas semanas, menino ou menina, se estava mesmo feliz como diziam, se estava mesmo radiante como diziam, se era mesmo mágico como diziam, se o amor era, como diziam, inexplicável, se precisava de alguma ajuda, se gostaria de conversar a respeito. Se sente bem, querida? Quer água, comer alguma coisa? Está enjoada?

Sabe, eu me arrependo de não ter engravidado enquanto pude, disse.

8.

Na estante da casa da infância a coleção de pequenos fascículos sobre o mistério de tudo. E apesar de a anedota sobre o dia em que seus pais resolveram iniciar juntos uma biblioteca — é preciso ter livros em casa, a educação das crianças — ter sido repetida aos milhares, era como se aqueles volumes sempre tivessem estado ali, nas prateleiras laterais da estante da sala da tevê, desde antes do seu nascimento, desde antes do surgimento do mundo. Eram livros que abordavam em poucas páginas ilustradas todos os mistérios científicos e humanos, desde as grandes escavações arqueológicas na região do Nilo (seu volume preferido) até as evidências de existir água e vida nos outros planetas do sistema solar. Falavam também sobre o "milagre da vida" no fascículo dedicado à biologia humana.

As ilustrações coloridas tomavam conta das páginas e distraíam as crianças pequenas, que inventavam histórias para preencher o analfabetismo que as afastava das descrições e legendas. Numa página dupla, um feto, já bastante avançado em sua completude, dedos, formato dos olhos, flutuava num negrume vazio, numa espécie de céu interno, como um astronauta. A escuridão que o envolvia era em tudo similar à escuridão representada no volume sobre as viagens no es-

29

paço. A considerar a semelhança das duas ilustrações, não era de toda absurda sua hipótese: de que dentro do corpo da mãe, de qualquer mãe, existiam não vísceras e ossos, mas um pequeno universo particular, um vazio provisório que por magia também fosse infinito e onde se mantinha imerso e semidesperto um projeto de homem protegido por um escafandro ao contrário, um aquário morno onde o pequeno astronauta mergulhador orbitaria por nove meses envolto em água num estreito universo para um.

Mas numa tarde de sábado, na feira de ciências da escola, ela recebeu explicações bastante claras a respeito do processo reprodutor das aves do colega que proclamava orgulhoso os conhecimentos para os alunos visitantes e apontava com a impassibilidade de um cientista os órgãos de uma galinha que ali, aberta, expunha o seu interior aos alunos curiosos.

A mão no próprio ventre sentia as texturas do que havia no avesso da blusa, por trás da camiseta, debaixo da pele, da carne. Um universo minúsculo se apagava. Antiepifania.

9.

Nestor era o tipo de homem atraente que não a atrairia, não fosse o contraste entre a delicadeza como virava as páginas do livro e o peso de seu corpo viril, que lhe atribuía certa singularidade inventada. E porque não soube nada a respeito da vida dele, apesar de ocuparem por mais de doze horas o mesmo espaço restrito, lado a lado, e de terem partido do mesmo ponto e estarem se dirigindo mais ou menos para o mesmo destino, ele foi, durante todo o trajeto, aquilo que ela gostaria que ele fosse.

Nestor era um monge. O corpo saudável carregava com mais precisão sua alma em processo. Voltava de um período meditativo no Tibete. Seguia para algum monastério no Rio Grande do Sul onde ensinaria a outros bodisátvas tudo o que aprendera naqueles anos de afastamento, renúncia e celibato.

Nestor era um artista plástico, que voltava de uma residência frustrado, porque a instalação na qual tinha trabalhado arduamente por mais de dois anos recebeu críticas bastante duras e afetadas, mas discretas, o que não serviu nem ao menos para que tivesse qualquer repercussão, boa ou má, na imprensa especializada da Inglaterra. Voltava ao Brasil com um sentimento de perda de tempo. Dois anos, ele repetia. Já não tinha mais tanta certeza de que fosse de fato artista, de que fazia tudo aquilo para dizer alguma coisa a quem quer que fosse. Estava quase convencido de que tinha apenas se encantado com os vernissages, com a luz branca sobre suas pinturas, com os amigos e desconhecidos que flanavam segurando taças de plástico com vinho barato diante das placas com o seu nome completo, enfim com a satisfação em ser quem era, que sentiu pela primeira vez depois de ter exposto uma pequena retrospectiva de seus poucos anos de trabalho em uma galeria pretensiosa e desimportante de Nova York. Ele não era um artista, que sofria o peso da vida, mas um vaidoso imbecil.

Nestor era um escritor, estava na cara que era um escritor, que voltava da Feira de Livros de Londres — não tinha acabado semana passada, não tinha lido comentários sobre isso no *Guardian* de ontem? — onde compôs, ao lado de mais dois ou três colegas que nunca lera, e que nunca leria, a mesa dos novos escritores da literatura contemporânea da exótica América Latina em ascensão, o Brasil e seu renascimento cultural-mercadológico. Como tinha recebido críticas favoráveis na imprensa estrangeira, porque sua editora era agora uma multinacional importante que zelava por seus acionistas, foi convidado a ler, como destaque da noite, um trecho de seu primeiro romance, que ganhara alguns prêmios importantes no Brasil, cujos direitos pertenciam agora àquela grande editora inglesa que, além de publicá-lo na Europa, conseguiu um acordo bastante generoso com uma produtora que o adaptaria ao cinema. Enquanto voava para casa, Nestor acreditava, com convicção, que era mesmo um escritor muito bom e talentoso, foda, e que devia ter nascido com o tal brilho especial concedido apenas aos poucos gênios de cada época. Nunca, jamais diria uma coisa dessas em voz alta, é claro — é preciso certa modéstia — mas intimamente, pelo menos naquela poltrona, naquele voo, ele não se colocava muito longe de ser um tipo contemporâneo de Dostoiévski tupiniquim, o David Foster Wallace latino-americano, o que receberia dois ou três parágrafos de biografia nos livros didáticos de literatura dos próximos vinte anos. Como Machado, como Graciliano. Mas a presunção não duraria muitos dias, e quando voltasse ao seu apartamento no centro de São Paulo, ele ainda não sabia, mas quando desfizesse as malas, enfiasse as roupas da viagem na máquina de lavar, organizasse os livros que trouxera de lá, depois de tantos encontros em que contaria aos amigos escritores, artistas, jornalistas e/ou cineastas as bobagens que lhe perguntaram na mesa-redonda, e que Loucos de palestra, caros, existem até no primeiro mundo, e de descrever aquela menina MA RA VI LHO SA que se ofereceu para apresentar-lhe as lojas de discos e de livros da região e que Sim, claro, não sou de ferro, e depois de responder aos e-mails do editor e da imprensa e de dar entrevista àquele suplemento literário, de receber os fotógrafos em sua casa, que insistiam em fazer o retrato na frente da estante, depois que tudo se acalmasse, o dia, a adrenalina, as memórias felizes, numa manhã mais silenciosa, já recuperado do fuso horário, da euforia, sem qualquer novidade para compartilhar, Nestor pousaria uma caneca de café sobre a escrivaninha, abriria um novo Documento 1 do Word e se angustiaria, por mais de três horas, os pés dormentes, as costas doloridas, diante do cursor que, sob o mesmo ritmo monótono e intermitente, o desafiaria a assumir naquela hora sem sinos, sem plateia, aquela hora sem certeza, que sua vida era feita também, senão fundamentalmente, desses intervalos em branco.

Nestor podia ser o pai de seu filho, o pai inesperado de seu filho inesperado, com quem trepou uma vez depois do show de alguma banda pop séria de música pop séria. Ele estava sentado ao seu lado, ofereceu um cigarro, ela disse que tinha parado de fumar mas Que tal a gente aproveitar o intervalo e pegar uma vodca lá fora, e ele disse É claro, vamos, e conversaram sobre as músicas geniais que acabaram de ouvir e descobriram outras afinidades como o João Gilberto Noll, e também o Philip Roth, e Chet Baker ou Duke Ellington? E aquele show do Mogwai foi foda e você também veio? e ambos teriam vindo de outras cidades distantes dali só para o show e estariam hospedados em hotéis diferentes mas na mesma avenida no centro da cidade Então a gente divide o táxi, ele disse. E no carro, se beijariam com tanta violência que o melhor mesmo seria pararem os dois no hotel onde ele estava hospedado e concluir aquilo tudo de uma vez Eu nem sei seu nome Eu não quero saber o seu. Eu sou casada. Eu não te ouço.

Nestor. É Nestor, né? Então, você poderia por favor me dar licença mais uma vez? Desculpe, é que, bem, estou grávida, e, sabe, obrigada, putz, que vergonha, bem, me desculpe...

E Madalena a encarava com curiosidade e empatia desde o momento em que ela fechou atrás de si a porta do banheiro e pediu passagem a Nestor para voltar a sua poltrona. Sabe, eu me arrependo de não ter engravidado enquanto pude, disse.

10.

Porque não há retorno, a maternidade é um desses assuntos carregados de misticismo. Por toda a vida tinha ouvido que ser mãe seria o ponto mais alto de sua experiência feminina, por causa dela, da maternidade, mudaria a perspectiva, o tudo seria outro. Veria o mundo a partir de um umbigo compartilhado, um ser que aceita a relação predadora sorrindo, com o orgulho de quem vence, com o orgulho dos que amparam as necessidades da natureza, que acrescentam um pedaço de seu corpo desdobrado no corpo do mundo, um ser que brota. Um milagre. E não importa a transfiguração, a sobrecarga dos ossos, nada é mais importante do que aquilo que carrega no ventre, entre as tripas. Um novo homem, que talvez não goste do Bob Marley, quem sabe escreva uma grande peça para piano ou tenha facilidades nos esportes, quem sabe tenha uma destreza absurda para dança ou seja um patinador que ela acompanhará nos festivais, de quem vai costurar as fantasias, pregar uma a uma as lantejoulas do uniforme. Quem sabe seja uma pessoa dessas detestáveis, mesquinhas e egoístas, e saísse à mãe na total inabilidade social. E quem sabe seja uma menina que um dia também terá dúvidas sobre a maternidade porque o mundo estará muitíssimo pior do que hoje, é certo, e em nenhum momento desconfie que sua mãe também teve as mesmas dúvidas, não tinha certeza, também ela não sabia se concluiria aquela gravidez ou não, mas seguiu com o projeto como se isso não dissesse respeito a ela, como se não dependesse dela. E aceitou passiva que ela nascesse, colecionou um lindo enxoval branco e cor-de-rosa, afastou do quarto tudo o que não importava mais e montou o berço, avisou as amigas, fez um considerável estoque de fraldas descartáveis, quem sabe até começasse a amar aquela protocriatura prematuramente. E é só por isso, porque sua mãe seguiu por inércia, é verdade, mas porque seguiu a gravidez, que hoje ela se encontra nesse mesmíssimo lugar, o da dúvida, entre a vida que segue ou que se parte em duas.

Mas se não tivesse saído do banheiro perplexa, se as substâncias não tivessem reagido com sua urina contaminada de vida, e se ela não tivesse ouvido anos antes o pai médico de sua amiga adolescente grávida que o teste nunca falha no positivo, se ela não tivesse saído do banheiro daquele hotel só de calcinha, segurando uma tira de papel ordinário que lhe era uma sentença, se ela não encontrasse a si mesma ao contrário no espelho atrás da porta e a luz amarela do abajur não tivesse deixado tudo ainda mais dramático, ela não saberia que estava grávida, já que todas suas revoluções lhe aconteciam silenciosamente.

11.

Ela poderia ter fingido que não ouviu o que Madalena disse, ali, baixinho, quase para ela mesma. Poderia ter se acomodado na poltrona, esticado as pernas o quanto fosse possível, descalçado os sapatos e se concentrado para tentar dormir ou quem sabe posto os fones nas orelhas, começado a ler um pouco, rabiscado as últimas páginas da revista da companhia aérea. Poderia ainda ter ensaiado tudo o que diria às pessoas com quem encontraria nas primeiras horas da volta, imaginar a reação do Zeca, da sua mãe. Será que as plantas ainda estão vivas? Quanto tempo se passou desde que arrumei as malas com tanto rancor naquela manhã?

Mas entendeu perfeitamente que Madalena queria conversar e ignorá-la seria indelicado. Além disso, ela não tinha dito que visitaria uma filha no Brasil? Optou, por fineza e curiosidade, pelo diálogo e respondeu à pergunta de Madalena com uma expressão muda de curiosidade. Desculpe, senhora, falou comigo?

Madalena contou então que a filha que visitaria no Brasil era adotada, que a mãe dela era uma mulher muito bonita por quem tinha platonicamente se apaixonado na adolescência e que tinha se envolvido com política na época errada, ou certa, depende como se vê, e foi sequestrada pelo exército da ditadura da Argentina e a sorte da pequena Elena, é o nome da menina, a sorte de Elena foi que Ela estava dormindo na minha casa porque essa minha amiga, a Flor, teria uma reunião com um pessoal barra-pesada e preferiu tirar a filha de casa naquela noite e foi assim que acabei criando, aos vinte anos, uma menina sozinha, escondida no interior da Argentina e você não sabe o que é viver no interior da Argentina, mas eu criei a garota de um jeito e de outro, nunca escondi que a mãe dela não era eu, e ela conhece os outros parentes e tudo mais, mas eu tive de assumi-la senão os militares iriam atrás dela, iriam mesmo.

Mas eu gostaria mesmo, Madalena disse, eu gostaria mesmo era de ficar grávida. Eu combinei um dia de transar com um amigo meu, um cara de quem gostava muito, a gente tinha combinado de sair, tomar umas e trepar, seria minha primeira vez com um cara, eu estava nervosa e até um pouco excitada. Fiz as contas e tal, saímos no dia mais fértil possível, mas a gente exagerou na bebida e dormimos, foi hilário. Depois, quando estava morando com a Clara, lá em Buenos Aires, a gente namorou uns seis ou sete anos, visitamos algumas clínicas de fertilização, mas antes de, digamos, consumar o ato, a gente terminou. Eu devia ter ido mesmo assim à clínica, a consulta já estava agendada mesmo, mas fiquei bastante abalada, gostava muito dela, e resolvi viajar. Foi assim, assim que parei em

Londres. Mas agora, com cinquenta anos, não posso mais. Uma pena. Tenho um cliente lá do restaurante, o cara arranjou uma mulher quarenta anos mais nova, quarenta, imagina, e agora, aos sessenta e cinco, é pai de um bebê, mais novo que as netas dele. A gente com esse prazo de validade e os caras sendo pais pouco antes de morrer, é injusto, não é?

Madalena queria perguntar como ela se sentia, se o bebê se mexe, se é tudo tão intenso como dizem. Mas preferiu não.

É injusto mesmo.

E quanto tempo?

Não sei, ela disse. Talvez quatro ou seis semanas. Eu não percebi que estava grávida, se soubesse nem tinha viajado. Mas eu precisava sair um pouco daquele continente, sabe? Me esconder um pouco.

E agora você sente alguma coisa?

Nada. Além da vontade de ir ao banheiro o tempo todo. Fora isso, parece que continuo vazia.

12.

Só entendeu que tinha chegado à Inglaterra no dia seguinte, quando desceu na Westminster Station e viu a torre do Big Ben e o Parlamento coberto pelos andaimes típicos do verão europeu. E se permitiu, interrompendo o fluxo dos turistas, ficar parada, em silêncio, ouvindo a intensidade grave dos sons que a rodeavam, as línguas de toda parte do planeta, o céu azul inesperado. E lá em cima a Torre, já conhecida em tantas reproduções, forte, imponente, lhe mostrava o tempo, pontualíssimo, passando igual para todos. A vida perdia importância diante da idade das construções daquela cidade velha. E o tempo controlado pelo relógio imenso que se opunha diante de todos era ainda mais velho que a cidade, mais velho que o mundo.

Ela ainda não sabia, mas naquele momento, encostada no parapeito da ponte sobre o rio Tâmisa, ouvindo o barulho dos ônibus e o amontoado de palavras alheias que a submergiam, seu corpo reagia com o corpo de outro, criava novas células num processo muitíssimo eficaz.

Sobre o rio de Shakespeare ela tecia em movimentos imperceptíveis uma criança. Não dependia de sua racionalidade, nem das leituras que se acumularam em sua memória desde que aprendera a ler. Em nada ajudava no processo seu interesse sobre fotografia nem seu pretenso bom gosto para filmes. Era de seu sangue, de suas células férteis e de sua capacidade natural em reproduzir suas próprias moléculas, impregnadas em seu corpo desde quando ela mesma ainda era uma reação do corpo de seu pai no sangue de sua mãe, que seu filho estava, silenciosamente, se criando. Como crescem os pelos, as unhas, como escapam as cores dos cabelos brancos. Não dependia sequer de sua vontade nem de seu esforço. Não importa o que fizesse naquele resto de tarde, se passaria umas horas na Tate vendo os cartazes soviéticos ou se sentaria no jardim do museu para comer um sorvete ou um cachorro-quente ou para ler o guia da cidade ou apenas olhar o céu azul que sempre diziam tão raro, não importava de que seu cérebro distraído se ocupasse, aquele ser que guardava sem saber em seu ventre continuaria a se desenvolver muitíssimo rápido. E foi assim nos dois primeiros dias: ela passeava por lugares em que todo mundo já estivera e dentro dela se criava uma pessoa que o mundo ainda nem desconfiava que um dia existiria, nem mesmo ela.

13.

Seguiu então um silêncio. Madalena pensava nas impossibilidades, em seu corpo secando, perdendo as capacidades reprodutivas. Em seu corpo morrendo, uma fatalidade concretíssima que a impedia de se tornar uma grotesca velha grávida que não viveria o suficiente para criar seu filho até a adolescência. O amor que sente por Elena. Seria diferente do que sentiria por um pedaço de homem expelido de sua vagina? Seria diferente sentir o amor crescendo à medida que se estica a pele da barriga, que se acomodam as vísceras?

Não teve nenhum sintoma?

Até agora não. Fico enjoada às vezes, vou muito ao banheiro, você viu, né...

É uma viagem difícil para grávidas.

É verdade.

O pai? Está contente?

Ainda não sabe. Mas ele vai ficar feliz. Talvez assustado, mas eu sei que vai ficar feliz.

E você, está feliz?

Sabe, Madalena, a gente sempre ouve falar desse amor incontrolável nisso de ser mãe, né?

Sim. E?

Ela diria que só sentia mesmo um vazio, mas desviou o olhar, Eu não sei.

Você deve estar assustada.

Vai ver é isso.

E desejos? Já teve desejos?

O único desejo, falaria, era acordar de novo no seu apartamento em São Paulo, fazer um café enquanto lesse o jornal na cozinha. Sem nenhuma novidade aparente. Sem nenhuma mudança brusca na ordem das coisas Não, até agora não senti nenhum desejo, não.

14.

Talvez a espera seja pelo desejo e de dentro dela surja não um filho, mas um homem inteiro, aquele que tocará o avesso de sua nuca, soprará a raiz de seus pelos, e lamberá o lado de dentro de seus seios. E ele a excitará apenas com o calor de seu corpo, que é o dela ainda. Uma segunda camada de sangue sob o emaranhado de veias, a vertigem de quem goza correndo em dobro por dentro da pele. Em vez de uma criança, talvez ela esteja criando um tipo específico de luxúria.

Talvez ela esteja possuída por um sedutor demônio silencioso. E a besta, feita de carne sua, aos poucos tomará conta de seus movimentos, preencherá de amargura e autopiedade os vãos inertes de sua cabeça. Acenderá as memórias de perdas, a saudade como lâminas perpendiculares dançando sobre seus braços. Lembranças muito nítidas de despedidas, todos os homens que nunca a desejaram. Sangrará espessa toda memória de derrota e ela vai desejar a morte, a própria morte como vitória contra a fera.

Talvez ela esteja morrendo. E em vez de vida, ela seja uma ininterrupta fábrica de finais. E toda a juventude que resta e a que teve e a que não viveu esteja aos poucos escorrendo para o meio do corpo, se acumulando na barriga, que cresce de possibilidades assassinadas. E o parto que virá em breve não será uma adição no mundo, mas um amputamento de dias. Sairia da maternidade mutilada para sempre.

O que aquilo não poderia ser é um filho.

15.

Não é que nunca tivesse pensado em ser mãe. Nas conversas com o Zeca sempre aparecia, vez ou outra, a insinuação de planos, de seu desejo de engravidar.

Não seria legal uma criança linda de cabelos pretos, que andasse sempre com roupas bonitas e aos poucos virasse uma pessoa culta, com bom gosto, muito provavelmente um adolescente chato, é bom que se saiba, mas sensível e finalmente um adulto brilhante de quem nos orgulharíamos, com quem a gente, família descolada, bebesse alguma coisa enquanto conversasse sobre os rumos da arte, sobre as grandes questões da humanidade, sobre a vida e até mesmo, por que não, da novela, do jogo da quarta-feira?

Nessa casa não cabem crianças. É de silêncio que precisamos, não de filhos. Choros, manhas, atenção total. Viu o Edu? Nunca mais saiu com a gente. E a Alessandra, a mulher do Vitor, notou? Ela só fala da criança, não tem outro assunto, um porre. Imagine uma criança linda de cabelos pretos abrindo com brutalidade seus livros caros, descosturando os cadernos, a vida seria uma eterna luta em preservar nossas coisas por pelo menos uns doze anos!

Não é que nunca quis ser mãe.

Que se fodam os livros. Você tem medo, é isso, medo dessa responsabilidade. De sair do seu mundinho confortável, você tinha medo também de morar junto, de "subir o nível da relação", teve medo de dizer que estava "namorando", odeia quando dizem que somos "casados". Não ia conseguir levar essa coisa de filhos porque de repente o mundo ficaria fora do controle.

Sem contar que ter um filho nessa cidade envenenada é muito cruel. Para que ter filhos? Para entrar no clube das famílias completas? Eu já preciso cuidar de muita coisa nessa vida, de um bando de alunos estúpidos, de minha mãe, do meu irmão (e de você, ele diria, mas se conteve). Deixemos pra mais tarde, quem sabe quando comprarmos uma casa maior, em uma cidade mais agradável. Sem falar que a gente quer ir pra Berlim, lembra? Estou acertando o pós-doc, você sabe. Imagine um casal de imigrantes latinos com uma criança num país daquele? Em vez de querer fazer um filho, porque você não termina de uma vez aquele seu romance?

Pede a conta, Zeca.

16.

E se abraçaram com o entusiasmo da adolescência, gritando meio ridículas, duas meninas na volta das férias. Porque era o mesmo sentimento de quando voltavam à vida real, do todo-dia na escola, o alívio em encontrar os amigos, o retorno à vida como se escolheu, à imagem que com muito custo e esmero moldou-se de si. E apesar dos incômodos e da crueldade que a todo tempo se esbarravam naquela vida escolar, apesar do tédio e do ódio, das frustações e das derrotas Você se lembra quando aquele menino encrenqueiro não quis ficar com você na quinta série e depois na oitava procurou seu telefone e fazia escândalos na frente da casa da sua vó Ainda assim aquela parcela de mundo, restrita em sua geografia, específica em sua data, limitada entre as horas da manhã, essa vida imperfeita e por isso mesmo tão similar à vida da vastidão do lá fora, essa era a vida que ela e Fernanda construíram sozinhas, lado a lado, dentro do muro do colégio, era a parcela de mundo que pertencia só a elas, que não foi herdada por testamento ou carga genética, que não foi imposta, mas escolhida, construída. Era a única que valeu a pena pelo menos nos últimos anos da década de noventa.

Sempre souberam, ambas, que seriam amigas para o resto da vida, não porque houvesse entre elas qualquer sentimento misterioso ou grande demais. Apenas sabiam, escolheram que fosse assim. Era a força da liberdade de escolha de ser ou não amigo de determinada pessoa, em comparação à imposição dos problemas da família e das crises da mãe e da displicência do pai e etc., que potencializava os laços afetivos com os quais cada um se prendia a estranhos durante aqueles anos ignorantes.

E se encontrar com Fernanda naquela segunda ensolarada num país estrangeiro, no país preferido do tipo de adolescente que foram, foi voltar no tempo, a esse tempo específico de sentimentos largos, dos dramas e das poucas responsabilidades. Os quase vinte anos que separavam a última vez que se viram de perto (mantiveram por todo esse tempo um contato escrito que, naturalmente, foi se rareando) pareciam não ter se passado. Era então a velha Fernanda ali com a amiga, apesar do cabelo longo e das roupas femininas e do jeito atabalhoado como se movimentava ao falar e das gírias que aprendera no bairro onde trabalhava. No tempo do colégio, Fernanda tinha orgulho da camiseta desbotada do Nirvana que roubara do primo, do jeans cuidadosamente esfolado nos joelhos e da camisa xadrez amarrada na cintura. Muito longe da mulher sexy que estava ali na sua frente, Fernanda era um serzinho andrógino e letárgico, que andava sorrateiramente pelos cantos da escola, fugindo do sol do recreio, levando para todo canto um caderno de cifras e um discman. Mas apesar do exotismo forçado e da introspecção, no geral era uma garota sem qualquer destaque, recebia notas medianas, nenhuma pretensão artística além da guitarra, que nunca tinha saco de ensaiar, não contava sonhos mirabolantes, não tinha problemas em casa, pelo menos não que seus amigos soubessem, e a despeito de suas convicções grunges colava adesivos perfumados na capa dos trabalhos escolares.

Achava que Fernanda tinha entrado na escola na metade do bimestre, porque não se lembrava de ter visto a menina ruiva antes daquele dia, devia ser metade de abril quando apareceu com a calça rasgada e a camiseta de banda grande demais.

Nunca te imaginei vestida desse jeito, Fernanda.

Cinco pounds, acredita? E é verão, meu amor.

O vestido justo no corpo, decotado nas costas, e florido, várias sobreposições de vermelho, amarelo e preto, não combinava com a imagem que ela guardara de Fernanda. Porque no início era uma farsa, mas à medida que o tempo passou, Fernanda assumia com seriedade o papel da garota malvadinha. Foi a maneira que encontrou para sair da média, da uniformização dos estudantes, de driblar a magreza, a falta de peitos, a timidez, a sua não adequação às justas medidas que estabeleciam o que era uma mulher gostosa de quinze anos. Ela parecia ter doze anos, era pequena, magricela. Fernanda era, na verdade, uma menina comum, um rosto desses que não se percebe porque faz parte da paisagem. Mas agora, sem a magreza da adolescência e com a audácia de uma diva italiana, ela fazia questão de desfilar suas curvas latinas naquele bairro kitsch.

E se encaminharam então ao café meio hippie da esquina, onde viam da janela a multidão de adolescentes e turistas tomarem conta das ruas do bairro, pediram uma xícara de café, e começaram uma conversa sobre amenidades, as conversas neutras que guardamos para os estranhos ou para os amigos de muito tempo ou para os pais a quem não contamos mais a vida real, que não entendem nem se importam muito com o que fazemos, as conversas que servem também como preparação às grandes queixas, as conversas introdutórias Ah sim dia incrível Você viu a tatuagem daquela guria ali do caixa Nossa que café estranho esse, do que será que é feito Você leu no cardápio, hemp milk? Até que o volume da música aumentou de repente e era quase como se tudo aquilo fosse inventado, o dub tocando alto, as garçonetes que pareciam sair de contos de fadas psicodélicos, o cheiro doce dos incensos que pesavam o ar.

E por algumas horas ela não lembrava por que estava ali, talvez porque lhe pareceu que sempre esteve, que Londres sempre tivesse sido a sua casa, ou que sua vida recomeçaria mais uma vez, era isso que queria, um recomeço, ali ninguém a conhecia, além da Fernanda, seria um recomeço talvez do ponto onde ambas haviam se separado, poderia escolher tudo de novo, uma nova profissão, encontrar outros caras, e essa volta aos tempos de adolescência, as memórias que se completavam com as memórias de Fernanda, tudo isso, o sol e a música jamaicana, a conversa das meninas da mesa ao lado que quando aumentavam o tom da conversa confirmavam que ela não estava no seu país, tudo isso a deslocou do tempo. E desse lugar que passou a ocupar pôde ver que ele, o tempo, de fato não se tratava de uma pilha de calendários, que não era um novelo, mas um tapete bordado à mão: o mesmo fio, a mesma matéria espalhada em mil pontos e nós, entremeios de urdume, que se sobrepunham e se afastavam construindo figuras, porque estava naquele momento com pouco mais de trinta, mas revisitando com a amiga essa fase longa que foi a adolescência, compartilhada tão de perto que era como se tivessem tido exatamente as mesmas experiências, porque as lembranças coincidiam e quase não havia segredos nem desvantagens, não havia particularidades, pareciam ter sido feitas da mesma memória, era como se tivessem sido por quatro ou cinco anos a mesma pessoa.

E naquela tarde de vinte anos depois, tão diferentes que se tornaram, quase não tinham assuntos que não as memórias do colégio, as piadas de que ainda riam por saudosismo ou gentileza. Não notariam, mas enquanto estivessem juntas permaneciam presas numa fatia idealizada e editada de tempo.

17.

Não eram as imagens nítidas e claras que permitiam que a experiência fosse em tudo semelhante às sensações verdadeiras. Mas os outros sentidos, o cheiro, o peso daquele corpo sobre seu próprio corpo, o calor que lhe percorria sob as mãos dele, o gosto. Tudo concreto, sólido e ao mesmo tempo a satisfação lhe preenchendo as ansiedades de uma só vez, simultâneo. Os músculos da perna se contraindo tensos.

E só depois de acordada que o perfume de sua memória se separou do cheiro de seu próprio corpo e do corpo do outro, que pôde, ficcional, narrativo, refazer temporalmente o gozo do sonho. Porque este é o problema das palavras: dependem de um acúmulo linear, temporal, desfazem por seus limites emaranhados de experiência, diluem no discurso o que é eterno.

Porque não foram as mãos desatando os fechos e depois a boca mascando a língua, e depois a cama. Mas tudo somado em uma sensação viva apenas, única reação simultânea a todas as interferências simultâneas do corpo sonhado que era memória de vários corpos e seu próprio corpo pensado porque o peso das mãos era o das de Nestor, mas não aquele gosto.

18.

Elas estenderam o encontro para um pub ali perto E então, seu marido ficou no Brasil? E ela poderia ter respondido que sim, era mesmo essa a ideia, deixá-lo no Brasil com os móveis da casa, naquele apartamento que nunca mais viria porque se tudo desse certo ela desapareceria para sempre se não para todos pelo menos para ele, que um dia a esqueceria, quem sabe se casaria de novo, mas tudo isso era só para o seu próprio bem, o dele, que não merecia aguentar seus rompantes de violência, ela achava, e assim ela também não teria de suportar as comparações e o controle, ela não queria mais continuar naquela narrativa sem solução que tinha se tornado os seus dias juntos, naquele apartamento, que com muito custo pagavam, que com muita vontade ela ajeitava nos dias em que se sentia culpada pelo atraso, pelo cheiro das roupas no armário, pelos vidros imundos da janela, pelo cansaço à noite, quando ela se sentia culpada por desejar a infelicidade dele, que parecia ter tudo o que quis e ainda tinha sua fidelidade e seu amor. Sim, pois é, ficou para cuidar dos gatos. E Fernanda respondeu mais alguma coisa que a levou para outra e assim não parou de falar por uns cinco ou dez minutos, detalhando todos os episódios com uma paciência que não parecia contagiar a amiga que já não a escutava. Era só dele que se lembrava, do marido, que a essa hora voltaria do trabalho ou quem sabe marcaria um café com um amigo, mas chegaria cedo, de qualquer forma chegaria em casa provavelmente do mesmo jeito como acordara pela manhã, com um pouco de arrogância e muito otimismo, com a mesma bondade, não é possível que alguém nunca tenha feito nada de que se arrepender Ahã, mas balançava a cabeça como se se interessasse pelo longo discurso Mais duas cervejas? Claro. Mas você não me explicou o que veio fazer em Londres, estudar? Sim, ganhei uma bolsa de tradução e vou passar uns meses por aqui, trabalhando não, na verdade vim porque não tenho coragem de dizer aquilo que penso, porque isso tudo não existe, minha fuga, minha vontade de começar qualquer coisa sem a responsabilidade de estar com alguém, vim porque não tinha coragem de olhar para ele, encará-lo e dizer que preferia ficar sozinha, que toda sua natureza perfeita estava me deixando mais louca ainda e tentei durante mais de um ano arranjar um pretexto para essa viagem e finalmente inventei tudo isso, meu interesse nessa bolsa, uma desculpa. Ah, que sortuda que você é, deve ser bom ser assim, *inteligente* e *culta*. Ah, que é isso, não seja boba, e você, ainda no salão? Ah, eu pensei até em desistir porque você sabe, né, Paul é um cara difícil, mas daí eu pensei bem e resolvi esquecer as coisas que ele me disse, acho que não te contei né mas ele me disse um dia que eu só queria a grana dele pense que absurdo mas então eu falei com a irmã dele que me adora sabe minha sogra também te falei que ela tem uma fazenda mas então falei com eles e acho que vai ficar tudo bem e além do mais não tenho nada no Brasil, claro tem a família e tudo mas assim o que eu ia fazer lá, né, a gente até pensa em voltar, quer dizer eu né, mas Paul até já cogitou em abrir um salão lá acho que num lugar com praia e sol acho que eu moraria em Floripa e opa olha só falando no diabo, já venho vou ali atender, tá, pega ali mais cerveja pra gente.

Ele ficou no Brasil e provavelmente esteja cuidando dos gatos, esteja fazendo um macarrão com atum, abre a lata meio sem jeito, derrama óleo na pia e passa um paninho sobre a sujeira meio displicente. Mistura o atum nos tomates frescos ao fogo e espalha os filetes de massa apinhados pelo supercozimento sobre o molho ele nunca chega ao ponto certo do macarrão e joga tudo no prato pra um. Come vendo o jornal, depois liga o videogame, ou o som, ou abre o romance, ou entra na internet para ver se estou conectada. Para que eu lhe conte as novidades. Dirá que sente minha falta. E que não vê a hora de eu voltar.

Está tudo bem, Fernanda? Sim, sim, não esquenta não, era o Paul, ficou puto de eu não ter chegado até agora, meu, não entendo esse ciúme, sabe, no começo eu achava bonitinho e tudo, mas já tá passando do limite, ele não pensa antes de falar, você nunca soube o que é isso, né, seu marido é um santo. Sim, ele é incrível e eu ainda não consigo entender como ele consegue me olhar com aqueles olhos de calma, e repetir que eu preciso me acalmar que não estou pensando direito, como ele consegue não se irritar ou ao menos demonstrar qualquer tipo de aborrecimento comigo, como ele consegue demonstrar tanto amor sem ciúme, tanto interesse com paciência, e chega num nível tão alto que eu penso que isso tudo é só para aumentar mais o contraste entre sua saúde e minha destrutiva maneira de ver as coisas, minha egoísta maneira de ver as coisas, A gente se conheceu na faculdade, a gente é muito parecido. Por isso que dá certo, e você deve estar morrendo de saudades, né, eu não consigo ficar nem um dia sem o Paul, mesmo quando ele é grosso a gente sempre faz as pazes e dorme em paz. Sim, muita saudade mas mais saudade daquele tempo em que eu sabia o que queria, ficar ali ao lado dele por muitos anos porque já tinha mesmo feito tanta coisa porque já tinha mesmo amado alguns outros, já tinha mesmo esquecido esses outros e porque o amava tanto, porque queria aquela bondade costurada no peito, queria aquele nome para mim, e já não sei como as coisas chegaram até aqui. Ei, os caras daquela mesa estão olhando pra gente, devem ver *brasileiras* tatuado na nossa testa, né, ou na nossa bunda, logo que cheguei eu consegui muitos caras assim só falando português. Eu queria um gin agora, Fernanda, você pega lá pra gente?

19.

Minha mãe? Não, ela não sabe ainda. Ainda não contei pra ninguém lá de casa. Eu descobri por acaso em Londres, passei muito mal e desconfiei, comprei um daqueles testes de farmácia e pronto: não tem como não estar grávida. Mas preferi não contar por Skype uma coisa dessas, sabe, arrumei minhas coisas, desisti do tal curso que fazia e remarquei a passagem, eles nem esperam que eu volte agora, vai ser uma surpresa. Mas sim, eu tenho certeza de que minha mãe vai ficar muito feliz, ela sempre me cobrava isso, dez anos morando com o Zeca e nenhum neto pra eu estragar e essas coisas que as mães falam para as filhas mulheres, eu mesma nunca quis ter filhos, mas as coisas acontecem, claro que ainda tenho escolhas, ninguém mais sabe que estou grávida, quero dizer, você sabe e minha amiga Fernanda, uma amiga de infância com quem me encontrei em Londres, a gente saiu uma noite, bebemos muito, passei mal o resto da semana, Fernanda desconfiou, nunca fui tão fraca com bebidas, mas lá na minha casa ninguém mais sabe não. Eles nem imaginam, nem sabem que chego daqui a algumas horas em São Paulo. Mas minha mãe vai sim ficar muito feliz com o neto, ou com a neta, vai ficar muitíssimo mais empolgada do que eu, tenho certeza, é reconfortante saber que terei ajuda, claro que é, mas ela ainda não sabe de nada não e se por acaso eu resolva, você entende, resolva não continuar com isso, sabe, um filho, as coisas não estavam muito bem entre mim e o meu marido, mas caso eu resolva não levar isso adiante vai ser mais fácil porque ninguém mais sabe, por isso resolvi pensar um pouco aqui no avião, decidir o que farei da minha vida, sabe. Mas sim, minha mãe vai ficar radiante quando souber. Se.

20.

Os três partos foram difíceis.

Primeiro veio um menino, aos vinte, no mesmo ano em que casou. O bebê enroscou-se em sabe-se lá que pedaço do corpo e ficou ali, entalado por mais de cinco horas, já sem a água confortável que o protegia, esfolando a pele ainda não formada nos ossos de sua mãe. A mãe, com o filho a meio caminho da vida, estava ela mesma a meio caminho da morte, ouvindo as vozes do médico e das enfermeiras baixarem de volume, as imagens embaçarem ao seu redor. A respiração foi acalmando como ela ia também se acalmando apesar da dor e do cansaço. Não tinha forças para expelir o bebê, nem o bebê sabia lutar para continuar vivo. Permaneceram ambos por muito tempo ainda resignados, esperando pela morte ou pela salvação de pelo menos um deles. Mas se amavam, a mãe e o bebê. E com a mesma intensidade estavam os dois prontos para ceder a vida a favor do outro. Dizem que o médico chegou a falar com o pai da criança que a situação era mesmo delicada e que provavelmente ele teria de escolher entre a sua mulher ou o primogênito, porque era muito difícil que os dois sobrevivessem àquilo. No delírio de quem se sacrifica, ela dizia baixinho que salvassem a criança, que salvassem o menino. O dia seguinte já clareava. As buzinas e toda uma vida que continuaria sem ela estavam ativas ali do outro lado da parede da maternidade. Seu marido disse à enfermeira que não podia faltar ao trabalho e deixou sob os cuidados da cunhada a mulher meio morta, a criança quase viva. Duas horas mais tarde, tentaram com sucesso um procedimento mais violento, um bisturi aumentou o espaço para o bebê e, apesar da dor lancinante, a mulher finalmente sorria. Ouviu o choro do menino, já podia descansar em paz.

Pelo medo de tudo que passara naquelas horas horríveis, se medicou durante mais de dez anos para não engravidar de novo. E a situação não estava fácil mesmo, melhor um filho só, apesar da solidão da casa, que os riscos, todos eles. Mas era o começo das pílulas, elas ainda estavam em processo de melhorias, ainda faziam muito mal, e, por recomendações médicas, parou de tomá-las por um mês antes de tentar outra marca. Engravidou, é claro, quinze anos depois do primeiro filho. Quando começou a sentir os primeiros sintomas, não quis acreditar. Não aceitava. Via o filho adolescente jogado num canto, lendo qualquer coisa de secreto, olhava ao seu redor a casa limpa, o chão lustrado à mão com um trapo de lã e ela na cozinha, preparando o jantar para dois, o marido que nunca voltava direto do serviço e as panelas areadas à força, e o menino que já não amava muito o pai, e ela, sozinha, sua mãe cheia de problemas e as irmãs em situações ainda mais complicadas que a dela, agora grávida de novo, ouvindo o trânsito diminuindo lá fora, o horário de voltar pra casa passando, e o chiado da panela de pressão, o único som daquela casa enorme. E deve ter sido por qualquer vontade reprimida de ter uma nova chance, um recomeço da vida de casada com que sempre sonhou, que transou com o marido mesmo sem as pílulas, mesmo na semana fértil, porque era especial a noite que finalmente, depois de semanas, ele não mais a rejeitasse, ele finalmente dissesse que ela era linda, e que ele a amava e que pedia perdão e que gostaria de mudar, mas não conseguia, ele não conseguia parar de fazer aquilo, era mais forte do que ele e ela disse sim, e tiveram uma noite linda e fizeram sem saber o segundo filho, que seria ela.

Nenhum outro procedimento passaria pela sua cabeça cristã e conservadora. Deus quis que esse bebê viesse. E ela também. Apesar do medo do que seria sua vida, do que seria uma casa com mais um filho sem um pai presente ou uma mãe forte, ela queria ter outra chance. O parto, dessa vez, foi cesariano. Mas apressado pela ansiedade de sua filha. Um mês antes da data, numa consulta de rotina, ela foi sozinha ao hospital fazer os exames e já ficou por lá, internada para dar a luz. Não tinha o marido segurando sua mão, nem as irmãs do lado de fora da sala, nem flores no quarto, nem uma plaquinha com o nome da filha na porta. Não tinha levado com ela nem as roupinhas do bebê, nem a velha camisola. Recuperando-se sozinha da anestesia, horas depois de parir, chegou o marido ainda com o uniforme da empresa, e o filho mais velho, agora estabelecido nessa condição de filho mais velho, e ela só conseguiu sorrir para eles, e dizer É uma menina.

Meses antes eles tinham combinado com o médico de fazer uma ligadura nas trompas na mesma cirurgia da cesárea. Não podiam correr o risco de novas surpresas. E além do mais, ela se livraria do bombardeamento de hormônios das pílulas e ele, do risco de ter mais um motivo para continuar naquele casamento falido. Fizeram, eles estavam agora imunes ao perigo da gravidez. Já estava perfeita a família daquele jeito. A menina agora seria sua companheira, seria quem a cuidaria na velhice, teria tudo aquilo que ela nunca tinha tido, a menina seria agora o recomeço do casamento e seu próprio. Ela via a criança crescer como quem reescreve sua própria vida. Se o casamento de fato acabasse, ela ainda teria a menina.

Dois anos mais tarde, ela passou mal numa viagem pelo interior. Desmaiou na rua e cortou a cabeça. Alguém a socorreu e, no hospital, perguntaram se ela estava grávida. Impossível, tenho laqueadura. Recomendo que a senhora faça um exame, disseram. O obstetra que cuidou dela no segundo parto disse que era loucura, os sintomas eram de uma gravidez psicológica Desculpe a indiscrição, mas e seu casamento, como anda? A senhora tem motivos para querer segurar seu marido, senhora? Ofendida, ela pediu que marcasse os exames de uma vez, gravidez psicológica não aumenta a barriga. É impossível que a senhora esteja grávida, eu mesmo cuidei pessoalmente de sua esterilidade, senhora. Marque os exames, doutor. Uma semana depois, ele pedia desculpas e apresentava uma lista com médicos confiáveis e sérios que faziam aborto de modo seguro na cidade. Ficaria por minha conta, senhora, não entendo o que pode ter acontecido. A senhora acredita em milagres?

Às lágrimas, contou para o marido. Ele se levantou da mesa, pegou as chaves e saiu. Do quarto do filho vinha o sussurro de uma música, tão bonita e triste, tão suave e cruel, que ela chorou de soluçar na cozinha, o chiado da panela de pressão e a menina, entre almofadas dormindo no tapete da sala, o dia terminando, a casa escura e o céu alaranjado, só a chama do fogão iluminava um pedaço de sua vida e lá fora uns passarinhos fazendo festa no final do dia e ela ali, segurando o teste, no mesmo lugar onde esteve anos antes, pensando a mesma coisa que antes, o que seria de sua vida com aquela criança? O que seria dela agora sozinha com mais um bebê?

21.

Quando você esquece que não pode sentar pra fazer xixi é oficial, a pessoa está bêbada. Acredita que fui no banheiro e uma velha começou a falar comigo, aquela ali, olhe, aquela velha hippie, meu, que mulher esquisita, e ficou falando alguma coisa que não entendi muito bem, puta sotaque irlandês. Ih, Fernanda, acho que ela tá vindo pra cá, nossa, eu tomaria uma garrafa desse gin, sabe, Fernanda, acho que não vou voltar pro Brasil, é, volto mais não, vou ficar aqui, aqui mesmo nesse bar, nessa cadeirinha aqui. Ih, qual é, fazer o que aqui nesse país de merda, de mer-da, MER-DA, isso VOCÊS AÍ, SEUS INGLESINHOS DE MERDA VOCÊS SÃO UNS Ei, Fernanda, segura a onda aí, minha filha, ih, fodeu, olha a velha aí tá te chamando. Putz, não vou lá não. Ah, vai lá ver o que ela quer, vá, eu iria se não tivesse que dar conta desse maravilhoso, refrescante e eficaz copo de gin tônica, vai lá, Fernanda. Porra, só vou porque preciso ir no banheiro de novo, que merda, no melhor é sempre assim tenho que ir a cada trinta e sete se-gun-dos no banheiro. Vai de uma vez, guria! Vou, eu vou e vou dar seu endereço ali praquele carinha lá, olha. Tu tá é louca, vai lá antes que a velha venha, Fernanda, porque eu estou aqui, bêbada, falando sozinha, o que será que ele tá fazendo uma hora dessas, aquele santinho do pau oco do caralho, queria que ele estivesse mesmo era com uma piranha qualquer, trepando na nossa cama, mas eu duvido muito, deve estar lá dormindo ou, putz, quase acordando para ir para a universidade, mas que emprego mais típico esse, perfeito praquele babaca. Opa, quem é o babaca, falando sozinha? Falando nada, pensando alto, bem alto, uou, OUTRO gin, você é a melhor. O pub tá quase fechando, quis garantir aquela dose do arrependimento. E a velha? Ela disse que você está grávida. QUÊ, mas em que viagem essa senhora entrou nos anos 60 e não voltou mais? Sei, lá. Ei, que que tá séria agora? Não sei, não gostei do jeito que ela olhou pra mim, falou uns troços depois de dizer que minha amiga alterada ali estava grávida. Alterada? Grávida? É, grávida, por que, tão impossível assim, continua virgem? Olha, Fernanda, se tem uma coisa que eu não sou é virgem, muito menos mãe. Bem, sei lá, né. Mas que cara, vou ali pegar outra cerveja pra você, anime-se, é Londres! Não, não, tenho que voltar, na verdade, se bem que pelo que a mulher ali falou melhor não dar mais nem um passo. Ah, Fernanda, você realmente acreditou nisso, veja só o estado da tiazinha, esquece isso, vai. Senti uma coisa estranha, mesmo. Bem, se ela te jogou uma praga a gente vai lá, acende uma vela em casa, sei lá, beba aí, vai, isso sempre ajuda, te falei que vou me separar? Qual é, quem é que se separa daquele santo que você tem eu é que devia dar um fora desse país horroroso, não aguento mais, sabe, outro dia no metrô tive que ouvir uma mulher lá discursar sobre os imigrantes sujos que infestam o país dela daí pensei filha da puta, vê se escova os dentes antes, arrume esse cabelo, meu, povo relaxado esse, quero ir pro Brasil, arranjar um marido de verdade, não aquele gigolô viciado. Viciado? Pois esse merda fica o dia todo se picando, nunca aparece no salão e eu tenho que tirar dinheiro do caixa pra pagar as paradas dele, acredita? Que merda. Mas então, que história é essa de largar o seu marido? Seria muito estranho assim, Fernanda, só porque o cara não é um viciado, tem um trampo digno não significa que seja perfeito, aliás, esse é o problema, ele é perfeito, irritantemente perfeito, e eu pareço cada vez mais louca perto dele e por isso, foda-se, ele vai ficar lá mofando de me esperar no Brasil porque não volto mais pra lá, não volto. Calma, não estou comparando nada não, tá, só estou tentando entender, vocês sempre se deram bem, pelo que me dizia. Nunca acredite nas palavras, Fernanda. Ah, então não preciso acreditar agora também. Agora estou bêbada, bê-ba-da, tá vendo isso aqui, tá vendo, acabou a dose do arrependimento, estou quase mostrando os peitos pro barman pra ver se ele libera mais alguma coisa, agora, Fernanda, agora estou falando só a verdade, não consigo mais controlar, não consigo calar a merda da minha boca, tá vendo, eu não aguento mais meu casamento e queria muito ter quinze anos de novo. A gente se divertiu mesmo, hein, lembra do Gustavo? Nossa, até hoje lembro dele, como pude gostar daquele cara bizarro, ei, que cara é essa, não vai me dizer que Pois então, peguei, na festa junina do segundo ano. Filha da puta, eu sempre tive inveja da sua facilidade em chegar nos caras, filha da puta e aí? Aí, nada, o menino era virgem. VIRGEM! Virgem, com dezessete anos, que nem você. Ah, mas eu sou mulher, as coisas são diferentes. Ih, e cadê a feminista agora? Ah, qual é, Fernanda, não era tão simples. Engraçado você dizer que tinha inveja de mim, você e sua vida perfeita, suas notas ótimas, nunca ficou de recuperação. E ia pro colégio só pra te zoar, mas sim, sou uma invejosa, e tenho acumulado isso nesses anos, invejo até as alunas dele, como podem ler tanto, desde que saí da faculdade só trabalho, só leio as coisas do meu trabalho, antes eu era uma pessoa muito mais interessante, com certeza, ele me admirava eu sabia disso, mas a gente casou, isso porque forcei a barra, a gente passou a morar juntos e pronto, comecei a ficar insegura, ele chegava em casa, falava da orientanda dele genial, da calourinha que chegou na faculdade falando três línguas, das colegas dele que faziam pós-doutorado em Paris, e eu ia acumulando uma inveja, mas uma inveja que aos poucos virou ódio, um ódio enorme de mim mesma. Nossa, amiga, não sei nem o que dizer, mas você sabe que isso é coisa da sua cabeça, você é bem massa, é bonita, você sabe disso. Mas não sinto nada disso, só mesmo arrependimento e inveja, ou seja, sou uma pessoa medíocre, invejosa e frustrada, ih, mas estamos entrando numa fase meio perigosa, hein, não sei se é a lua, se é o gin, mas estou ficando sensível Que é o diabo, adoro esse poema, estamos sensíveis como os poetas.

Que clichê de merda, hein, Fernanda.

Eu devo é estar com TPM, mas já você...

Ih, nem vem, não estou grávida.

E se estiver? Você pode estar grávida, pensou nisso?

Mas posso não estar, aliás, não estou, tinha até me esquecido dessa velha agourenta.

E se estiver?

Daí eu tiro.

22.

Era hora do jantar. As comissárias de bordo (só garotas compuseram a tripulação daquele voo) organizaram o método de distribuição dos pratos, das bebidas, iam, pouco a pouco, metódica e organizadamente, entregando as porções a cada passageiro, oferecendo-lhes nutrição para mais seis horas de viagem. Quando finalmente chegaram perto das poltronas em que estavam, ela foi acometida por um pensamento estranho. Nestor, silencioso e quase rude naquela aparência masculina rústica, parecia um príncipe, um sultão, estava perfeito no papel de quem é sempre servido, e as aeromoças, as duas que serviam juntas as refeições daquele quadrante do avião, eram como se tivessem nascido para o papel de quem serve um homem feito Nestor.

Ele preferiu a massa de queijos, Madalena ficou com a omelete, e ela, a salada com carne grelhada, mas não conseguiu comer quase nada; os cheiros, a luz branca do avião, o ar viciado de tantas horas, agora pesado dos aromas dos ovos, carnes e molhos de queijo, a deixaram enjoada, embrulharam seu estômago e extinguiram qualquer resquício de apetite.

É que teria a partir de agora mais dificuldade em se adaptar às restrições do mundo, uma porção de batatas fritas e uma caneca de cerveja não poderiam mais substituir o jantar, teria de comer adequadamente, porções equilibradas de carboidrato, proteína e vitaminas, evitar gorduras, produtos industrializados, abdicar do álcool, dos refrigerantes, tomar menos café, mais chás de ervas frescas, a partir de agora nada mais seria só para ela, o prazer da gula, dos excessos, nada mais poderia sair do seu controle responsável de fêmea prenha, contaria com a ajuda da natureza, das mulheres mais velhas, do instinto que a deixará com enjoos, embrulhará suas tripas só de pensar em uma dose de uísque, que não tolerará um grama sequer de gordura em excesso, expelirá, com violência, qualquer desobediência alimentar. Nada mais do seu corpo pertencerá apenas a ela.

Madalena insistiu que comesse pelo menos os tomatinhos, pediu um suco a mais para a comissária, Tome, querida, é preciso que se alimente direito, pense bem que de você depende esse bebê, Mas eu não consigo, estou enjoada com esses cheiros, me controlando para não, oh, desculpe, não quero ser indelicada e estragar seu jantar, vou pedir sim alguma coisa para a aeromoça, Será que seria possível um chá de boldo, por favor? Claro, senhora, vou providenciar, algo errado com a refeição, senhora, quer que eu substitua seu prato? Não, imagina, a comida está ótima, eu é que estou indisposta, nada errado com a comida, não, o problema sou eu.

23.

Nas primeiras semanas depois da concepção, você pode perceber mudanças no seu corpo.

E ela seguia. Fazia muitos dias que estava fora. Ontem respondeu uns e-mails, falou com ele pelo Skype, sentem saudades, dizem-se, não demore, não demoro. As coisas estão bem, sim, o professor do curso é um idiota, mas as coisas estão bem consegui uns contatos e revi a Fernanda, sim, ontem a gente foi em um pub, nada de mais, não temos mais nada a ver e você, e as coisas da uni, tudo certo? Pálida, não, não é a ressaca,0 nunca subestime o poder dos destilados do Reino Unido. Agora estou bem. Hoje fui à universidade e me convidaram para um lançamento de uma autora escocesa. Meio triste, não tinha ninguém quase. Não me lembro, tenho que pegar o fôlder, mas ela era linda, cabelos longos e branquíssimos, uma feiticeira, parecia. Depois te digo o nome. E as plantas? E os gatos? E a vida aí? Aqui não tem muito calor, mas está bom assim. Bem, estou um pouco cansada, preciso deitar, tá bom? A gente se fala amanhã. Eu também.

Ouviu falar que os japoneses têm dificuldades em dizer nãos categóricos. A negação é um tabu para eles. As decisões negativas são tabu. Sempre foi o seu problema. Ela também nunca negava, nem assumia —

aprendera a não demonstrar dor física nem amor. Mas é que ele é tão bom, o problema sou, é claro, sou eu. Tem também o problema da culpa, mas isso é culpa de sua mãe. Devia tê-la matado quando podia.

Esses testes foram desenvolvidos para detectar a presença na urina da gonadotrofina coriônica humana (Beta-hCG), um hormônio produzido pela placenta pouco depois da fertilização.

Passou a semana toda envolvida com os compromissos do curso, saindo para almoçar com os novos amigos, para quem contaria, se tivesse coragem, que procurava uma casa para alugar, que estava pensando em continuar por mais alguns meses ali, não, não tinha nada no Brasil. Sim, meu marido é PhD em literatura alemã, ele é incrível. Ele é incrível e eu amava tanto só não quero mais viver com ele, mas com isso, quem se importa. Ele nunca saberá disso e a vida continuará sem grandes emoções. Ou eu posso, é claro, mandar um e-mail curto: desculpe, baby, mas não te quero mais. Mas pode ser, também, que não queira isso de verdade e me arrependa muito algumas horas depois de uma confissão dessas e ele não voltaria, orgulhoso, não voltaria. Eu também não ligaria nunca. Não encontraria ninguém tão incrível. Sim, ele tem um trabalho de pesquisa bastante reconhecido, acho que vai trabalhar na Alemanha no próximo ano. Não sei se vou também. Provavelmente.

Não lembra quando a conversa se encaminhou para a construção de famílias e os filhos. É possível que fosse a idade ou a seriedade como se leva a vida quando se é adulto, ou por pura inércia, é preciso conseguir um filho antes dos quarenta, é preciso trocar de fase, decorar o quarto com cores pastéis, é preciso sentir. O corpo deformando com a sobreposição de vidas, até que exploda, até que lhe rasgue a carne e chore na sala do obstetra: vê, é uma menina. Daqui a trinta anos será a vez dela. Tão pequena e com tantas responsabilidades. Tão nova e já tão cheia de adulteza, ouvia da sua mãe. Muita coisa na cabeça, filha, cuidado. Não serei mãe nunca, mãe.

Quando finalmente você souber que está grávida, a próxima pergunta será "Quando nasce meu bebê?"

E você já comprou o teste?
Sim.
E está esperando o que pra fazer logo?
Tenho medo.
Mas está sentindo alguma coisa? Náusea? Dores? Sua menstruação está atrasada?
Nada. Bem, vomitei de manhã.
Você tomou um litro de gin.
É. Ressaca mesmo.
E por que isso agora, então?

Lembrei daquela velha ontem.

Ah, qual é.

Fernanda, não posso estar grávida. Quer dizer, posso, mas...

Calma. Acho melhor tirar a dúvida de uma vez.

Será?

Como assim?

Nesse momento estou grávida e não grávida ao mesmo tempo. É mais interessante que a certeza.

Quê?

Não?

Se você estiver grávida, você está grávida, mesmo que não saiba.

Eu não sinto nenhuma diferença em nada no meu corpo.

Nadinha?

Nada.

Então não está. Dizem que uma mulher sabe quando está grávida, sempre sabe.

Nem sempre. Tem um monte de casos de mulheres que foram pro hospital achando que tinham gases e acabaram parindo.

Não consigo acreditar nisso.

Acontece, Fer.

Mas e então, vai fazer ou não?

Não é estranho não sentir uma pessoa crescendo por dentro de você? Claro, acho que mistificam muito mesmo isso, mas de todo modo... Nunca mais vou conseguir ler. Puta merda, uma criança não cabe naquela casa.

Que aflição, faça logo essa porra de teste!

Ai, que merda.

Que foi?

Pensei agora nas minhas amigas lá do Brasil. Não, querida, não posso ir hoje na sua casa porque o Mateus/Lucas/Pedro/João está em casa. Não ligue às quatro, por favor, vai acordar a criança. Me imaginei dando de mamar no restaurante, durante o almoço. Não há dignidade possível na maternidade.

Que exagero. E o...

Que tem ele?

Acha que gostaria de ser pai?

Evidente que sim. Ser pai deve ser ótimo.

24.

Os avisos de atar cintos acenderam-se imediatamente depois que o avião começou a balançar. Provavelmente sobrevoavam o oceano e atravessavam uma tempestade. Alguns minutos de uma fortíssima turbulência até que pelo microfone o comandante avisou que tudo estava sob controle e era preciso manter a calma. Os olhares aflitos da tripulação contrariavam a segurança da voz do comandante. Da cabine se ouviam outras vozes preocupadas, os copilotos tentando entrar em contato com os controladores de voo, planejando qualquer solução de emergência.

Alguns passageiros começaram a rezar alto, pedir clemência, perdão, milagres. Havia também os que esbravejavam, os que pediam calma, calmante, remédio para pressão, uísque. Uma tempestade imprevista no caminho, não é possível desviar a rota, seguiremos por aqui confiantes na tecnologia e na destreza dos pilotos.

Ao seu lado esquerdo, Madalena estava pálida, as mãos suavam frias. Do outro lado, Nestor tinha finalmente fechado seu livro e olhava fixamente para o chão.

E ela pensava na ironia que seria morrer enterrada em ferros e água com um filhote incompleto dentro dela, no meio do caminho entre sua fuga e o retorno. Depois de tanto tempo para decidir seu destino, uma piadinha divina resolveria tudo com muito mais eficácia.

As luzes do avião se apagaram. Houve gritos, outros pedidos de clemência e maldições. Ela fechou seus olhos, empurrou o corpo contra o espaldar da poltrona, tentou imaginar tudo aquilo se acabando de uma vez, os líquidos do corpo subindo à garganta enquanto a queda brusca os levasse a qualquer ponto do mapa, imaginou sua mãe lendo a lista dos passageiros da tragédia, dias mais tarde, já que não esperavam que ela estivesse naquele voo. Pensou que se encontrassem seu corpo, por sorte, se encontrassem seu corpo antes dos peixes famintos, os médicos legistas também encontrariam o feto na autópsia, virariam por um instante o rosto espantado para o lado, evitando a cena triste, o corpo azul recheado de outro corpo azul, uma dupla morte trágica. À noite, o médico legista chegaria em casa transtornado Encontramos uma jovem do boing que caiu perto da costa da América do Sul e ela estava grávida. Sua mulher não pararia de servir-lhe o jantar, pegaria na geladeira a jarra de suco e enquanto enchesse os copos diria que era melhor que ele encontrasse outro emprego, Seu salário é bom, mas trazer essas coisas pesadas para dentro de casa não está certo, ainda mais agora que nossa família está crescendo.

Saiu do devaneio quando Nestor segurou firme sua mão direita, os dedos cruzaram-se antes de ela ter coragem de olhar para o lado. Vai ficar tudo bem, tente se acalmar, não é bom para o seu filho. Morrer não seria bom para ninguém, ela respondeu.

25.

Seria um bom momento para acabar esta história: o avião cai no meio do oceano, entrecaminho entre sua casa e o exílio, ficaria à deriva como todos os outros corpos, ou afundada entre os destroços do avião. Sem mandar notícias, depois de duas ou três semanas, quem sabe seu marido entrasse em contato com a universidade onde ela fazia o curso e descobrisse, alguns minutos depois, tempo suficiente para que se consultasse o sistema de cadastro, surpreso, que havia mais de um mês que ela não voltava para lá, que havia inclusive assinado um distrato e quitado a dívida. Pela insistência, e por ter notado a angústia na voz de seu interlocutor, a secretária de assuntos estrangeiros quebraria o protocolo e lhe passaria o número de telefone que ela tinha deixado como contato, era de um hostel que ficava perto da universidade, de onde ela havia saído, ele descobriria que a conta da hospedagem havia sido fechada há semanas, mas ela não avisou ninguém, não disse que viajaria, aonde será que ela foi, ela não faria uma coisa dessas, onde ela está? Descobriu o e-mail da Fernanda, que lhe disse não saber mais nada de sua mulher, porque ela sumiu, e não atende o telefone. Ela não atende o telefone.

Ela está na lista dos mortos do desastre. Não houve sobreviventes. Ela morreu.

Fim.

Mas haverá o momento de redenção.

26.

E se estivesse passando por um período negro de incredulidade e achasse que Gabriel na verdade fosse um dos demônios que atrapalhavam o seu sono, que a tiravam da tranquilidade dos dias comuns, que fosse uma alucinação e a prova de que não estava em suas plenas condições salutares, mas enlouquecendo, o que seria de Maria?

E se toda essa dúvida herege viesse da sua total anestesia da gravidez? Porque não sentia nada, nenhuma mudança em seu corpo, nenhum sintoma daquela possessão, nada de especial no seu ventre, parecia impossível que carregasse ali não apenas o filho de Deus, mas também a história, o meio do tempo, dividido em antes e depois do filho de Maria.

Se ainda acreditasse em Deus e em seus anjos e nas coisas que seus olhos olharam e seus ouvidos escutaram e não duvidasse nem por um segundo que a grandiosidade que lhe foi imposta fosse verdade, ainda assim pode não ter tido coragem de contar a José no mesmo dia, porque ele também poderia estar num momento fraco de fé em Deus ou na fidelidade de Maria.

A segunda parte da história do ocidente começa com as dores de um parto feito a meio caminho do destino, improvisado, prematuro. Maria deu à luz

Deus que era já a própria luz sobre palhas e rodeada de bichos e não viu, Maria na certa não viu, a estrela do oriente rasgando o céu dos místicos nem sentiu de súbito a possessão do espírito santo, antes se esvaziava dele, do santo, arrancara de seu ventre Deus feito de carne e sangue seus. Sangue e carne de Maria.

E talvez vendo Jesus tão parecido com sua mulher, mesmos olhos e formato do rosto, José duvidasse ainda por um momento da santidade daquele bebê que não parecia ter a genética de Deus, apenas os olhos, o formato do nariz e a tez de Maria.

Mas duvidar de sua esposa era também duvidar de Deus e por toda sua vida José viveu sob um complexo paradoxo de fé e na mesma medida em que Deus existia e não existia em seu coração, Maria tinha e não tinha sido infiel. Porque não era de todo fácil crer na existência de um homem feito apenas da carne de uma mulher, porque não parecia, ela, Maria, carregar em si mesma a dureza e a brutalidade dos varões, e de onde viria então os segredos da fatura de um homem? Seria então Deus o pai nosso, o pai dele, o verdadeiro pai daquele menino, que apesar da raridade estava sujo do sangue de sua mulher, tomando a primeira dose de leite vinda dos doces seios de Maria?

E veio desse parto específico, dessa gravidez espontânea e pura construída milagrosamente nos tempos de antes, da obrigação e obediência, da dúvida e do amor histérico e egoísta, veio de mil e mais mil anos antes o peso da maternidade, o insuportável peso da santidade atribuída às mulheres férteis. Maldição de Maria.

27.

Foi quando ela decidiu se sentar no banco do jardim japonês segurando com as duas mãos um copo térmico com café, sem nenhum movimento, olhando fixo para as cerejeiras e as construções que emolduravam o outro lado do parque, estruturas de madeira escura que imitavam certa orientalidade desde o início artificial e anacrônica, mas que mantinham em sua matéria as memórias de concentração e leveza que a levaram a meditar e a sentir seu próprio corpo, os movimentos silenciosos dos líquidos, incessante morte e renascimento de células. O ar enchia os pulmões até eles não conseguirem mais absorvê-lo e escapava pelas narinas no mesmo ritmo longo e contínuo até que as costelas chegassem às vértebras e o corpo começasse a padecer pela falta do oxigênio, mas antes da vertigem o processo se reiniciava, ou melhor, o ciclo continuava (porque também da apneia é feita a respiração) e estes eram os únicos movimentos que se permitia, os músculos do tronco e os dedos que escapavam de vez em quando da quentura do copo, que perdia para a tarde fresca o calor do café até que ambos, aquilo que envolvia o copo de isopor e seu conteúdo, chegassem à mesma temperatura. Também se equilibravam paulatinamente a velocidade como o ar movimentava as flores das árvores e as células de seu corpo, e assim, depois de alguns minutos, concentrada, ela conseguiu, finalmente, estar ali.

E estando finalmente ali, de completa consciência de seu corpo, ela tentava descobrir se havia algo de desconhecido que pesasse seu ventre, se sentia desvios na rota do sangue (para bem-nutrir um filhote inesperado), se alguma outra existência que não a dela se espremia por debaixo da pele, se havia mais um coração em acorde, se pensamentos a que nunca teria acesso formavam-se com sua eletricidade.

Mas estava sozinha. No parque, em Londres, no banco, por baixo dos músculos. Só ela mesma habitava aquela carcaça, agora ela tinha certeza.

28.

O avião finalmente parou de se mexer. O sinal de atar cintos se apagou, já era de novo possível circular pelo avião, ir ao banheiro, o alívio. O comandante não resistiu e, quebrando a seriedade, abriu o microfone para parabenizar a todos por aquilo de que ninguém tinha qualquer mérito Vencemos o acidente, vencemos, ele disse, Estamos todos vivos. Os passageiros aplaudiram as palavras, enquanto ele dizia que só faltavam mais algumas horas para o avião pousar em Guarulhos e, ao que parece, tem sol em São Paulo.

As comissárias aos poucos retomaram seus postos, retocaram a maquiagem, sorriam, preparariam mais alguma coisa para servir aos seus convidados. Madalena pediu um conhaque e passou a mão no ombro de sua companheira de viagem.

Está pálida, querida, está bem?

Só nesse momento ela se deu conta de que ainda estava de mãos dadas com Nestor. Ele, também desperto do susto, desentrelaçou os dedos dos dela, passou carinhosamente a mão pelo seu braço Nos salvamos, hein, acho que isso merece mesmo um brinde, Moça, eu gostaria...

Então serão três doses.

Tem certeza que pode tomar bebida alcóolica? É que sua condição, né...

Bem, se eu morresse, isso também não faria bem ao bebê, então, já estamos todos no lucro e, porra, acho que também merecemos, ele inclusive.

A comissária serviu as bebidas. No outro canto do avião, uma criança fazia manha, berrava descontroladamente, devia querer qualquer coisa de impossível, tinha se esquecido do pânico ou talvez nem tivesse entendido nada, e agora, agora que sua mãe tinha parado de rezar alto e de a calma ter voltado para aquele lugar chato, era preciso se divertir de alguma maneira. Na fileira ao lado, um casal abraçado escolhia um filme para distrair as últimas horas da viagem e a tripulação voltava a andar com olhos seguros pelos corredores, como se nada tivesse acontecido. Madalena se levantou para conferir suas sacolas com chocolates. Meia hora depois do susto, ninguém mais se lembrava da iminência da morte, todos se espreguiçavam cansados, reabriam os livros, conversavam tranquilos. Amanhecia.

29.

Pode ter sido o medo da morte. Ou o alívio de o fim ainda não ter chegado. Pode ter sido o conforto do ombro do Nestor, onde ela encostou por instinto sua cabeça, e de todas as relações que se estabeleceram naquele voo. Pode ter sido justamente o caráter provisório desses encontros, cujo fim todos conheciam – deixem os telefones e e-mails, um último abraço enquanto esperam as bagagens, finalmente o adeus, nunca mais se veriam nem entrariam em contato. Dali quatro horas pousariam no aeroporto, quando acabaria a experiência, a experiência do corpo do outro, nem mesmo a Nestor ela ligará, Nestor cujo corpo ela desejou naquelas horas, que pareceu tê-la protegido de qualquer coisa que não houve, o cara inventado com rosto bonito, que esteve com ela testemunhando a falha da morte. Pode ter sido o caráter provisório de todos os sentimentos largos e falsos que a levou a entender que não havia milagre nenhum, nem no salvamento (que, afinal, não houve, o avião seguiu como deveria, aguentou a tempestade como deveria, tudo aconteceu como tinha de ser), não havia milagre no amor, não havia perfeição, não havia milagre na maternidade.

Não era a vacuidade de seu ventre, não era uma sensação específica sua, a escolhida entre as mulheres, aquela que passaria por uma gravidez silenciosa de sentimentos, que tiraria daí qualquer lição mística, que levaria ao mundo suas experiências dolorosas, uma santa sofredora, uma mártir. Não.

Não havia vazio, mas o adequado e justo preenchimento daquilo que sempre foi assim, daquilo que era, sem excessos, porque não havia excesso, ela não sentia graça ou o milagre, não havia sobreposto outro espírito inaugural, não havia em seu corpo qualquer aura divina da maternidade justamente porque não havia nenhuma aura divina na maternidade, nem na morte, nem no amor, nem na solidariedade de Madalena, do Nestor, não houve intervenção celeste na torre de controle, não houve milagre, não haveria milagre algum, não havia qualquer resquício de bênção indevida em seu corpo, não havia nada além do que era para ser. Ademais, até as ratas procriam, ficam pesadas e parem, depois lambem os filhotes, amamentam, cumprem sem qualquer pretensão as funções naturais, Ide e procriais, e os pequenos ratos crescem, também fazem outros ratos, e morrem, e assim tudo continua como tem de ser.

O mundo afinal não havia começado quando abriu há trinta anos os olhos na maternidade. Houve um passado em que foi absolutamente prescindível, até mesmo aos que hoje a amam — sua família existiu quinze anos antes de sua chegada. E se por acaso ela não tivesse existido, nada mudaria. O mundo ia seguir. Os ratos procriariam, e também os pássaros e as árvores que caem nas tempestades, o avião voaria, outra pessoa compraria o seu lugar para aquele mesmo voo.

Não havia nada de extraordinário para sentir e por isso não sentiu. Aquela criança crescia como cresciam seus cabelos, pelo menos até que o amontoado de células começasse a pesar seu ventre, ficasse mais concreto e começasse a tomar uma forma humana. Mas até isso era natural, era natural que seu corpo todo se espremesse para que houvesse espaço para aquela pessoa, até ficar forte o suficiente para arrancar de si o corpo que o envolvia e, enfim, se libertasse.

Nada mais natural que ter esse filho, era o que a igualava à sua mãe, a Maria, às ratazanas.

30.

Pouco importa se a caixa está fora da vista. Ou se parada, estática no seu estado de coisa imóvel, ela se torne súbito invisível. Pouco importa, afinal, que não se veja o gato. Que ninguém sinta sua presença, não veja os olhos do gato. Ele ainda existe em seu mistério. Suas angústias de gato, seus desejos, não diminuirão só porque não se lembram mais dele.

Mas ao contrário, abandonado, às margens da narrativa, é possível que o gato, angustiado na caixa, tenha ele mesmo a consciência de sua vida de gato e passe a existir ainda mais já que existe também para ele mesmo.

Não importa se nos esqueçam. Se passado o tempo não insistam, se os e-mails e ligações diminuam até que se silenciem totalmente. Chega o dia em que todos voltarão às suas próprias vidas, que continuarão sem grandes prejuízos sem a gente. E apesar desse silêncio e abandono, dessa vida sem espectadores, solitária e livre, ainda assim nos lembraremos. Ou, se a situação for boa, a gente vai se deparar às vezes, quando se distrair, com a lacuna branca com que por gosto cobrimos uma parte de nossa história. E não será possível preenchê-la de outros traços, novas cores, estampas de uma nova época. É com material delicado que os disfarces são feitos, mil vezes menos densos que a realidade que esconde. É preciso deixá-lo, o disfarce, imóvel, esquecido nos cantos. É preciso empoeirá-lo de tempo.

EPÍLOGO

Oi, aqui é a Mariana. Adivinha.

VANESSA C. RODRIGUES, 1984, é escritora, poeta e editora. Publicou os livros de poesia *Noturno e Cinza* e *Corpo outro*. *Anunciação* é seu primeiro livro de prosa, relançado agora pela Arte e Letra.

@van_c_rodrigues

Este livro foi produzido no Laboratório Gráfico
Arte & Letra, com impressão em risografia
e encadernação manual.